SOPA DE LIBROS

Título original: *O raposo e a mestra*

© Del texto: Manuel Rivas, 2013
© De las ilustraciones: Jacobo Fernández Serrano, 2013
© De la traducción: Manuel Rivas, 2014
© De esta edición: Grupo Anaya, S. A., 2014
Juan Ignacio Luca de Tena, 15. 28027 Madrid
www.anayainfantilyjuvenil.com
e-mail: anayainfantilyjuvenil@anaya.es

1.ª edición, abril 2014
2.ª edición, enero 2015

Diseño: Manuel Estrada

ISBN: 978-84-678-6232-4
Depósito legal: M-5166-2014

Impreso en España - Printed in Spain

Las normas ortográficas seguidas son las establecidas por la Real Academia
Española en la *Ortografía de la lengua española,* publicada en 2010.

*Reservados todos los derechos. El contenido de esta obra está protegido
por la Ley, que establece penas de prisión y/o multas, además
de las correspondientes indemnizaciones por daños y perjuicios, para
quienes reprodujeren, plagiaren, distribuyeren o comunicaren públicamente,
en todo o en parte, una obra literaria, artística o científica, o su transformación,
interpretación o ejecución artística fijada en cualquier tipo de soporte
o comunicada a través de cualquier medio, sin la preceptiva autorización.*

Rivas, Manuel
El zorro y la maestra / Manuel Rivas ; ilustraciones
de Jacobo Fernández Serrano ; traducción de Manuel Rivas.
— Madrid : Anaya, 2014
96 p.; il. col.; 20 cm — (Sopa de Libros, 169)
ISBN 978-84-678-6232-4
1. Animales. 2. Canciones. 3. Idiomas. 4. Humor
I. Fernández Serrano, Jacobo, il. II. Rivas, Manuel, trad.

El zorro y la maestra

SOPA DE LIBROS

Manuel Rivas

El zorro y la maestra

Ilustraciones
de Jacobo Fernández Serrano

ANAYA

El zorro Pindo dormía todo el día en un lecho de plumas.

Allí, en su cueva al lado del mar, soñaba que era un zorro volador.

Para viajar por el cielo, hacía girar su cola roja como una potente hélice, y se protegía la cabeza con un viejo casco de aviador que había encontrado en la playa.

En su sueño, perseguía a las bandadas de gansos salvajes y al cisne solitario.

Él también era un solitario. Los otros zorros lo consideraban un bicho raro. Murmuraban que era hijo de zorra y lobo. Del lobo Petiso y de la zorra Meiga. Quizás por eso sabía los idiomas de todos los animales y las personas.

Cuando otro zorro se cruzaba con él, Pindo le metía un susto. Saltaba desde lo oscuro y gritaba de repente imitando un tambor:

—¡Tantarantán! ¿Qué pasa contigo, viejo?

Cuando Pindo dormía del lado derecho, era verano y volaba hacia el norte hasta ver que lo aplaudían las primeras focas del Ártico.

  Y cuando dormía del lado izquierdo, hacía frío de invierno y tomaba rumbo sur hasta oír emocionado el aplauso de los pingüinos de la Antártida.

  Cuando estaba cansado, aterrizaba en el lomo jorobado de una ballena cantora.

¡Qué bien se estaba allí, escuchando aquel canto!

La de la ballena jorobada le parecía la más fascinante de las canciones de cuna. Era una voz melodiosa que atravesaba mares y océanos para arrullar al más revoltoso astro del universo, el planeta Tierra.

Incluso se acercaban a escuchar aquella sinfonía la pandilla de los Delfines Chiflados y el tipo más temible del mar, el tiburón Makarra. ¡Cada uno de sus dientes es un puñal! Pues allí estaba él, enamorado de la ballena jorobada.

El sueño era como un juego
en el que siempre perdía, pues
nunca alcanzaba la altura a la
que volaban los gansos salvajes.
   El paso del gran cisne solitario
provocaba un vendaval que
lo sacudía y lo desvanecía como
una pequeña nube huérfana
en el cielo.
   Despertaba de repente en
su cama de plumas, enfurecido
por el chillar de las gaviotas
burlonas, que venían a reírse
de él en la boca de la cueva.

Le enojaba mucho el mote que le habían puesto:

—¡Boo-bo! ¡Boo-bo! ¡Boo-bo!

Corría detrás de ellas hasta la cima del peñón del Encanto, en el país que llamaban Fin da Terra.

Y allí era él quien se burlaba de las gaviotas buscabullas:

—¡Tantarantán! ¿Qué pasa contigo, vieja?

Allí, en la cima del Encanto,
se paraba a ver la puesta de sol.

La madre de Pindo, la zorra
Meiga, le había enseñado de
pequeño aquel saber de ir a
despedir el día.

—¡Adiós, tío!

Antes de ocultarse en el mar,
el Sol regala luz a los que saben
decirle adiós.

Así, los ojos de Pindo serían
como dos linternas cuando llegase
la noche.

Al zorro Pindo le gustaba
escuchar a la gente del mar,
que acostumbraba ser alegre
y cantarina.

Escondido entre los juncos,
oía las canciones con que las
mujeres rederas acompasaban
el trabajo de coser los aparejos.

Se divertían mucho con una
copla que justo hablaba de él,
y que le hacía sonrojarse
de vergüenza:

O raposo está berrando
no alto de Camariñas,
que lle leven os zapatos
que lle pican as espiñas.

Al principio, se sentía enfadado. ¡Qué tontería de canción! Él era un valiente. Nunca se pondría a gritar que le llevasen calzado porque le picaban las espinas.

Pero, al final, Pindo sonreía porque también era presumido, y se imaginaba todo chulo por el monte con unos zapatos de charol.

El humano más amigo de Pindo era el marinero Serafín.

Antes de ir a pescar, Serafín tocaba el acordeón y la cola roja de Pindo se movía al compás de la música. En la barca esperaba Tolete, el perro de Serafín.

El marinero le preguntó a Pindo:

—¿Sabes por qué el zorro y la zorra fueron la única pareja que no quiso subir al arca de Noé?

Pindo sonrió porque ya adivinó la broma que le iba a hacer Serafín:

—¡Porque les olía a perro!

Sí, los perros habían entrado los primeros en el arca de Noé y los zorros tuvieron la precaución de no subir. ¡Era jugarse el pellejo! ¿Y entonces cómo se salvaron los zorros del diluvio universal?

—Se subieron allí, al peñón del Encanto —explicó Serafín.

Y el viejo Tolete ladraba a su manera desdentada como quien echa una carcajada:

«¡Gou, gou, gou!».

Serafín le contaba a Pindo
las noticias de los humanos
en Fin da Terra.

Había llegado una nueva
maestra para la escuela
de Val de Mil. Era una
joven que iba siempre
en bicicleta.

—Es linda, relinda
—dijo Serafín—. Se peina
el cabello estilo quiquiriquí.
Pero dicen que es algo rara.
¡No come ni carne ni
pescado!

Y Serafín le guiñó un ojo a Pindo: «¡Parece que huevos sí que come!».

Le contó que Rosa, la maestra, había hecho construir un gallinero fantástico, con grandes coles del tamaño de palmeras de las que colgaban columpios de aves, para que las gallinas se sintiesen felices y libres.

Y así era. Incluso ponían huevos de colores.

El sol se había ido por el mar
y en el cielo se encendió una
luna llena.

Era su hora. Pindo atravesó
las dunas, los prados y los
campos de maíz.

Cuando llegó a Mil, sí que se
quedó sorprendido con el nuevo
gallinero. Parecía una selva de
juguete. Y lo mejor de todo es que
no olía a perro por ninguna parte.

El campo era blando y le fue
fácil abrirse paso por debajo
de la alambrada.

Muy despacio, como quien
se apoya en el aire al andar, se
acercó al gallinero e hipnotizó con
sus ojos de linterna a la primera
que despertó, llamada Ventureira
y de apellido Silvestre.
Ya se marchaba Pindo
con Ventureira en la boca,
sin morderla, adormecida,
cuando escuchó una música
que procedía de la casa.

Pindo dejó la gallina en el umbral
de la puerta, se acercó a una
ventana y se irguió para espiar por
el hueco que dejaba la cortina de
encaje.

La maestra tocaba el piano.
Llevaba el cabello, pelirrojo,
en parte suelto y en parte recogido
en un moño. En vez de mirar
la partitura, tenía los ojos
cerrados y sus dedos picoteaban
y correteaban en las teclas como
los pájaros zarapitos en la arena,
que cantan «¡Curlí, curlí!»

cuando baja la marea y la arena húmeda brilla como un cristal.

Rosa tuvo un presentimiento. Dejó de tocar y miró asustada hacia la ventana. Pindo, sin pensarlo dos veces, desapareció por el lado más oscuro de la noche.

Se había olvidado por completo de la gallina hipnotizada.

Rosa se llevó otro susto al
encontrarse con la gallina
Ventureira en la entrada de
la casa, todavía medio ida,
y cantando en italiano:

> *Il cavallo del bambino*
> *va pianino, va pianino.*
> *Il cavallo del vecchietto*
> *va zoppetto, va zoppetto...*

Al día siguiente, los vecinos le
hablaron a la maestra de un zorro
peligroso, hijo de la zorra Meiga,

que le había enseñado desde pequeño saberes ocultos.

Le aconsejaron defender su Paraíso con un perro guardián adiestrado para actuar sin miramientos.

Así fue como la maestra se dejó convencer y adquirió un perro fiero, al que el vendedor presentó como Terror.

—¿Terror? —preguntó Rosa.

—Sí. ¡Amigo de la gente de orden y terror de los forajidos!

—No me gusta Terror —dijo la maestra— . Le llamaré... ¡Napoleón!

El zorro subió al peñón del Encanto y miró fijamente al sol del crepúsculo, que parecía incendiar el mar.

Sabía que tenía un nuevo enemigo. Sabía que iba a ser una noche dura.

Pese a la distancia, Pindo olfateó a Napoleón y Napoleón olfateó a Pindo.

El perro gruñó. El zorro forajido andaba por allí, rondando el Paraíso. Napoleón se hizo todavía más grande de lo que era por la rabia y la furia que sentía. Pero estaba bien adiestrado y esperaba las órdenes de la maestra.

—No lo mates —le dijo Rosa—, pero métele el miedo en el cuerpo para siempre. Que no vuelva nunca más.

La maestra sabía que Pindo estaba escuchando todo, camuflado como sombra de sombra.

Por fin, Rosa gritó lo único que el perro deseaba oír:

—¡Al ataque, Napoleón!

Napoleón parecía tener la cabeza de acero y una motosierra por dentadura.

En lugar de huir, Pindo permaneció quieto, inmóvil, con sus ojos de linterna clavados en el gigante matón.

Sorprendido por la actitud de aquel ladrón de gallinas, Napoleón se detuvo en seco y se quedó mirándolo fijamente. Podía oírse el engranaje de su odio. No haría caso de Rosa. Iba a destrozarlo y triturarlo. Ya estaba

harto de comer pienso artificial
y de roer huesos de polipropileno.
　Pero ¿qué le estaba pasando
a Napoleón? ¡Qué sueño tenía!
¡Qué ganas de dormir, como
si llevara años sin descansar!
Mmmmmmmmm.
　El perro, medio aturdido,
se puso a canturrear en francés:

Frère Jacques, frère Jacques,
Dormez-vous? Dormez-vous?
Sonnez les matines!
Sonnez les matines!
Ding, dang, dong!
Ding, dang, dong!

Rosa estaba desesperada.
  Pindo venía de ronda todas las noches, hipnotizaba a Napoleón, y al marchar cantaba burlón en alemán:

Ich bin Schnappi,
das kleine Krokodil...
Schni schna schnappi
Schnappi schnappi schnapp
Schni schna schnappi
Schnappi schnappi schnapp.

Se comportaba como un cómico malvado, arrastrándose por el suelo y moviéndose a la manera de un cocodrilo pequeño y peludo.

Las gallinas estaban angustiadas. Tristes. Deprimidas. Sabían que, tarde o temprano, serían víctimas de Pindo.

Ya no ponían huevos de colores.

El veterinario certificó:

—¡Tienen el estrés del zorro mágico!

Rosa estaba harta del zorro.
¿Mágico? Era un demonio,
eso es lo que era.

También ella estaba estresada.
Asombrada y furiosa a la vez.
Miró hacia el peñón del Encanto,
levantó un puño y gritó:

—¡Juro que acabaré contigo,
Pindo malandrín!

Un día leyó en el periódico
una noticia y dio un salto de
alegría. ¡Ahí estaba la solución!
Se trataba de la Máquina de
Miedo. Producía tremendas

explosiones a la manera de un cañón de verdad. La llamaban Boom Boom. Funcionaba con gas. Era como lanzar una bomba sin bomba. Cada poco tiempo, una detonación que hacía temblar la hierba y el aire. La usaban con mucho éxito los campesinos para hacer huir a los jabalíes de los campos de cultivo. Y si los jabalíes huían, e incluso los lobos, ¿qué no harían los zorros?

—¡Pumba, pumba! —gritó Rosa triunfal—. ¡Se acabó esta historia! ¡A la porra el zorro mágico!

Desde lo alto del peñón del Encanto, Pindo escuchó los primeros cañonazos de prueba.

Sonaban como cohetes de fiesta. Y a él le gustaban mucho todas las romerías y verbenas. Donde había una fiesta, ¡y mejor con churrasco!, por allí asomaba Pindo.

Se encaminó con curiosidad hacia el lugar de donde procedían los estruendos, hasta que se dio cuenta, sorprendido, de que ese rumbo le llevaba al gallinero Paraíso y a la casa de la maestra.

Desde la ventana, Rosa lo vio llegar. Murmuró: «¡Ahora vas a saber lo que es el miedo, caradura!»

PUM!

Pindo se acercó a ver la boca
del cañón.

—¡Pumba! —gritó Rosa.

Apretó el mando del aparato
y fue tal la explosión que hizo
temblar la tierra. Por lo visto,
también el cielo, porque comenzó
a llover. Y cantando bajo la lluvia
en inglés, allí estaba, tan
tranquilo, el zorro Pindo:

Red and yellow and pink and green
  Purple and orange and blue
   I can sing a rainbow,

sing a rainbow,
sing a rainbow,
sing a rainbow too.

El zorro se marchó canturreando feliz. La maestra vio con estupor que en el cielo, y ya caída la noche, surgía el arco iris con sus siete colores.

A la noche siguiente, Rosa
decidió dejar la puerta abierta.
Pindo se acercó a la casa y durmió
a Napoleón en un santiamén.
La maestra tocaba el piano
y cantaba:

Al pasar la barca me dijo el barquero:
  las niñas bonitas no pagan dinero.
  Yo no soy bonita, ni lo quiero ser.
  ¡Arriba la barca, una, dos y tres!

Pindo se sentó en el umbral de
la puerta y escuchó con atención.

La maestra cantaba de una forma un poco extraña, entre burlona y triste. También la canción le pareció rara. Si podía ir gratis en la barca, ¿por qué no quería ser bonita?

Cuando terminó de tocar, la maestra y el zorro se miraron fijamente. Él tenía luz de linterna en los ojos. Ella, también. Es más, sus ojos brillaban con un rayo verde.

Pindo se quedó dormido. Había intentado resistirse. Pero se arrastró dócil hacia la alfombra y se dejó caer suavemente. Como si no pesara nada.

Como el sueño de una sombra en el monte.

Cuando despertó, ya amanecía.

Había dormido allí, en la alfombra, y a su lado encontró un plato con pastel de manzana.

Pensó: «¿Un pastel de manzana para un zorro? ¡Qué vergüenza!».

Al fin, lo probó. Glub. Mmmm. No estaba tan mal.

Algo era algo.

Se puso el casco de aviador, medio ladeado, y tomó el rumbo de la cueva: tenía todo el día por delante para seguir soñando en su lecho de plumas.

Sintió un viento frío en la cara. Caían las últimas hojas. Venía el invierno.

En el cielo, por encima del peñón del Encanto, vio pasar la bandada de los gansos salvajes.

Como una bandada en tierra, también pasaban las niñas y niños hacia la escuela, con sus mochilas y paraguas de colores.

Algunos bajaban de las aldeas de la montaña. Otros venían de los pueblos de la costa.

Pindo, escondido detrás de un muro de piedra, los oyó cantar su canción:

*O raposo está berrando
no alto de Camariñas,
que lle leven os zapatos
que lle pican as espiñas.*

¡Bah! Ignorantes, no sabían
del otro regalo de la maestra.
¡Qué contento iba él, por fin,
con unos zapatos de charol!
Salió del escondite y bailó
un zapateado:

—¡Cla, cla! ¡Cla, cla, cla!

Aquel número de baile les gustó
mucho a los cuervos que habitan
en la orilla del río Xallas.

—¡Groc, groc! ¡Groc, groc,
groc!

Y fueron acompañándolo como una banda de música de viento detrás de un cómico vagabundo.

¡Cla, cla, cla!

¡Groc, groc, groc!

FIN

TRADUCCIÓN DE LAS CANCIONES*

O raposo está berrando
no alto de Camariñas,
que lle leven os zapatos
que lle pican as espiñas.

•

Il cavallo del bambino
va pianino, va pianino.
Il cavallo del vecchietto
va zoppetto, va zoppetto...

•

Frère Jacques, frère Jacques,
Dormez-vous? Dormez-vous?
Sonnez les matines!
Sonnez les matines!
Din, dan, don!
Din, dan, don!

•

Ich bin Schnappi,
das kleine Krokodil...
Schni schna schnappi
Schnappi schnappi schnapp
Schni schna schnappi
Schnappi schnappi schnapp.

•

Red and yellow and pink and green
Purple and orange and blue
I can sing a rainbow,
sing a rainbow,
sing a rainbow,
sing a rainbow too.

*El zorro está gritando
en el alto de Camariñas,
que le lleven los zapatos
que le pican las espinas.*

●

*El caballo del niñito
va despacito, va despacito.
El caballo del viejito
va cojeando, va cojeando.*

●

*Fray Santiago, Fray Santiago,
¿duerme usted? ¿duerme usted?
¡Suenan las campanas!
¡suenan las campanas!
¡Din, dan, don!
¡Din, dan, don!*

●

*Yo soy Schnappi,
el pequeño cocodrilo...
Schni schna schnappi
Schnappi schnappi schnapp
Schni schna schnappi
Schnappi schnappi schnapp.*

●

*Rojo y amarillo y rosa y verde
Violeta y naranja y azul
Puedo cantar un arcoíris,
Cantar un arcoíris,
Cantar un arcoíris,
Cantar un arcoíris también.*

---

* Las canciones que se incluyen en este cuento son fragmentos de cantos populares en gallego, italiano, francés, alemán, castellano e inglés. La letra de esta última, *I can sing a rainbow*, es autoría de George Hamilton (1955).

Escribieron y dibujaron…

Manuel Rivas

© Paco Vilabarros

Manuel Rivas (A Coruña, 1957) es escritor y periodista. Sus libros, escritos originalmente en gallego, están traducidos a más de veinte lenguas y publicados por las más prestigiosas editoriales del mundo.

—*El protagonista de este libro es un zorro. ¿Por qué eligió este animal?*

—El zorro es un animal conocido, pero también desconocido. Está cerca y lejos de nosotros. Me resulta enigmático, inteligente, guasón, poseedor de un saber oculto.

—*Los nombres de los personajes son claramente significativos, tanto en este texto como en otros. ¿Cómo los elige?*

—Algunos nombres nacen cuando los personajes se posan en ellos como un sombrero. El zorro tenía otro

nombre, pero fue él quien pidió llamarse Pindo, en homenaje a un monte incendiado y a la naturaleza maltratada.

—Las canciones están presentes a lo largo de todo el texto, esta vez en varios idiomas. ¿Qué le movió a hacerlo?

—El cuento canta y las canciones cuentan. Son canciones populares que permiten el encuentro festivo entre las diferentes lenguas.

—¿Qué le parece el trabajo de ilustración de Jacobo Fernández Serrano y la idea de que sean páginas de cómic?

—Para mí es una alquimia maravillosa esa transmigración de las palabras en imágenes en forma de viñetas.

Jacobo Fernández Serrano

Jacobo Fernández Serrano (Vigo, 1971) es licenciado en Bellas Artes en la especialidad de pintura por la Universidad Complutense. Ilustrador, pintor, dibujante y comiquero. Mantiene abiertos dos blogs donde publica adelantos de sus ilustraciones y trabajos.

—*¿Cómo y cuándo empezó a ilustrar libros para niños?*

—Empecé cuando tenía tres o cuatro años, dibujando las historias y los personajes que aparecían en mi cabeza.

—*¿Cómo organiza su trabajo? ¿Cómo decide qué ilustrar?*

—Como ilustrador soy un dibujante de libros o, dicho de otro modo, un lector que dibuja. Y una gran parte de las decisiones que tomo provienen de imagi-

nar ese futuro libro lleno de las letras del escritor y de mis dibujos en manos de una niña o un niño que lo lee. En ese momento es cuando de verdad el cuento existe, cuando los personajes viven, cuando el olor de la historia llena la casa de ese lector. Para ese momento es para el que trabajo.

—*¿Con qué retos se enfrentó a la hora de pensar en cómo iba a ilustrar este libro?*

—El principal era la manera de contar la relación que hay entre la maestra y el zorro. Ese enfrentamiento que finalmente desaparece cuando una mirada se encuentra con la otra, cuando los ojos conectan y las almas parece que se tocan.

OTROS TÍTULOS PUBLICADOS
A PARTIR DE 8 AÑOS

MI PRIMER LIBRO DE POEMAS (N.º 1)
*Juan Ramón Jiménez, Federico García Lorca
y Rafael Alberti*

LA SIRENA EN LA LATA DE SARDINAS (N.º 7)
Gudrun Pausewang

LOS TRASPIÉS DE ALICIA PAF (N.º 13)
Gianni Rodari

CUENTOS PARA TODO EL AÑO (N.º 18)
Carles Cano

EL PALACIO DE PAPEL (N.º 26)
José Zafra

LOS NEGOCIOS DEL SEÑOR GATO (N.º 35)
Gianni Rodari

**DIECISIETE CUENTOS
Y DOS PINGÜINOS (N.º 41)**
Daniel Nesquens

POR CAMINOS AZULES... (N.º 43)
Varios autores

SI VES UN MONTE DE ESPUMAS Y OTROS POEMAS (N.º 44)
Varios autores

EN EL CORAZÓN DEL BOSQUE (N.º 48)
Agustín Fernández Paz

NUBE Y LOS NIÑOS (N.º 49)
Eliacer Cansino

LA AVENTURA DEL ZORRO (N.º 52)
Manuel L. Alonso

A LA RUEDA, RUEDA... (N.º 53)
Pedro Cerrillo

LA CASA DE LOS DÍAS (N.º 56)
Sagrario Pinto

VERSOS VEGETALES (N.º 61)
Antonio Rubio

LA REBELIÓN DE LOS CONEJOS MÁGICOS (N.º 67)
Ariel Dorfman

LAS COSAS DE BERTA (N.º 70)
Roger Collinson

MITOS (DE *MEMORIA DEL FUEGO*) (N.º 79)
Eduardo Galeano

ORIÓN Y LOS ANIMALES MAGOS (N.º 86)
Joan Manuel Gisbert

PALABRAS MANZANA (N.º 91)
Jorge Luján

LA VERDAD SEGÚN CARLOS PERRO (N.º 95)
Sergio Gómez

DÍAS DE CLASE (N.º 98)
Daniel Nesquens

EL ARCA Y YO (N.º 100)
Vicente Muñoz Puelles

LA LUNA LLEVA UN SILENCIO (N.º 101)
María Cristina Ramos

EL LÁPIZ QUE ENCONTRÓ SU NOMBRE (N.º 109)
Eliacer Cansino

TAMBORES DE PAZ (N.º 118)
José González Torices

LAS PALABRAS DEL AGUA (N.º 127)
José Luis Ferris

LA NOCHE ES UN TREN (N.º 128)
Alejandro Sandoval

BALBINO Y LAS SIRENAS (N.º 131)
Pepe Maestro

CAMA Y CUENTO (N.º 140)
Gonzalo Moure

HAGAMOS CASO AL TIGRE (N.º 142)
Ana Merino

LOS VERSOS DEL HABLAMUEBLE (N.º 147)
Rosa Díaz

GACELA DE AMOR Y NIEVE (N.º 148)
José Luis Ferris

MIRADAS DE VACA (N.º 153)
María Rosa Mó

SOPLACOPLAS (N.º 159)
Cecilia Pisos

ORIÓN Y EL LIBRO DE MARAVILLAS (N.º 160)
Joan Manuel Gisbert

DESDE UNA ESTRELLA DISTANTE (N.º 162)
Agustín Fernández Paz